Pour
Catherine et Sarah

GARANTIE DE L'ÉDITEUR

Pour vous parvenir à son plus juste prix, cet ouvrage a fait l'objet d'un gros tirage. Malgré tous les soins apportés à sa fabrication, il est malheureusement possible qu'il comporte un défaut d'impression ou de façonnage. Dans ce cas, ce livre vous sera échangé sans frais.
Veuillez à cet effet le rapporter au libraire qui vous l'a vendu ou nous écrire à l'adresse ci-dessous en nous précisant la nature du défaut constaté. Dans l'un ou l'autre cas, il sera immédiatement fait droit à votre réclamation.
Librairie Gründ - 60 rue Mazarine - 75006 Paris

Texte original et illustrations de Colin West
Adaptation française de Monique Souchon
Première édition française 1990 par Librairie Gründ, Paris
© 1990 Librairie Gründ pour l'adaptation française
ISBN : 2-7000-4324-3
Dépôt légal : avril 1990
Édition originale 1990 par Walker Books Ltd
sous le titre original « Go tell it to the toucan »
© 1990 Colin West pour le texte et les illustrations
Photocomposition : Graphic & Co, Paris
Imprimé et relié par L.E.G.O., Vicenza, Italie
Loi n° 49-956 du 16 Juillet 1949 sur les publications destinées à la jeunesse

VA LE DIRE AU TOUCAN

TEXTE ET ILLUSTRATIONS DE
Colin West

DROLALIRE

GRÜND

Chouette ! Aujourd'hui,
c'est mon anniversaire,
se dit un jour l'éléphant.
Je vais trouver le toucan
pour qu'il invite à mon goûter
les animaux des alentours,
et nous ferons la fête.

Aussi Jumbo regarda tout autour,
sans pouvoir trouver le toucan.
Alors, il dit au tigre :
« Aujourd'hui, c'est mon anniversaire !
Va le dire au toucan
pour qu'il invite à mon goûter
les animaux des alentours,
et nous ferons la fête ! »

Aussi le tigre regarda tout autour,
sans pouvoir trouver le toucan.
Alors il dit au phacochère
qui, à son tour, dit à l'hippopotame :

« C'est l'anniversaire de Jumbo !
Va le dire au toucan
pour qu'il invite à son goûter
les animaux des alentours,
et nous ferons la fête ! »

Aussi l'hippopotame regarda tout autour,
sans pouvoir trouver le toucan.
Alors, il dit au lion
qui, à son tour, dit au crapaud
qui s'en fut dire au zèbre :

« C'est l'anniversaire de Jumbo !
Va le dire au toucan
pour qu'il invite à son goûter
les animaux des alentours,
et nous ferons la fête ! »

Aussi le zèbre regarda tout autour,
sans pouvoir trouver le toucan.
Alors il dit au lièvre
qui, à son tour, dit au rhinocéros
qui le dit au lézard
qui s'en fut dire au panda :

« C'est l'anniversaire de Jumbo !
Va le dire au toucan
pour qu'il invite à son goûter
les animaux des alentours,
et nous ferons la fête ! »

Aussi le panda regarda tout autour,
sans pouvoir trouver le toucan.
Et il dit à l'autruche
qui, à son tour, dit à la tortue,
qui le dit au grillon,
qui le dit au léopard,
qui s'en fut dire au singe :

« C'est l'anniversaire de Jumbo !
Va le dire au toucan
pour qu'il invite à son goûter
les animaux des alentours,
et nous ferons la fête ! »

Aussi le singe regarda tout autour
et au sommet du plus grand arbre
il finit par trouver le toucan !
Et le singe dit au toucan
ce qu'avait dit Jumbo
ce qu'avait dit le tigre
ce qu'avait dit le phacochère
ce qu'avait dit l'hippopotame
ce qu'avait dit le lion
ce qu'avait dit le crapaud
ce qu'avait dit le zèbre
ce qu'avait dit le lièvre
ce qu'avait dit le rhinocéros
ce qu'avait dit le lézard
ce qu'avait dit le panda
ce qu'avait dit l'autruche
ce qu'avait dit la tortue
ce qu'avait dit le grillon
ce que le léopard venait juste de dire :

« C'est l'anniversaire de Jumbo !
Aussi, va inviter les animaux
à son goûter d'anniversaire,
et nous ferons la fête ! »

Aussi le toucan regarda tout autour...

il regarda derrière les buissons...

il regarda parmi les fleurs...

il regarda dans la rivière...

Il regarda par-delà les collines,
mais il ne put trouver personne,
et s'en fut dire à l'éléphant
qu'il fallait oublier la fête...

Mais, quand il arriva vers lui
« Hou-hou ! Bonjour ! » lui cria l'éléphant.
« Merci d'avoir prévenu tout le monde
pour mon goûter
d'anniversaire... »

« Tu es vraiment super, toucan !
Viens te joindre à... »

LA FÊTE !